그 푸른빛 안에 오래 머무르련다

천년의시 0128

그 푸른빛 안에 오래 머무르련다

1판 1쇄 펴낸날 2022년 3월 31일
지은이 최혜영
펴낸이 이재무
기획위원 김춘식, 유성호, 이형권, 임지연, 홍용희
책임편집 박찬세
편집디자인 민성돈, 장덕진
펴낸곳 (주)천년의시작
등록번호 제301-2012-033호
등록일자 2006년 1월 10일
주소 (03132) 서울시 종로구 삼일대로32길 36 운현신화타워 502호
전화 02-723-8668
팩스 02-723-8630
블로그 blog.naver.com/poemsijak
이메일 poemsijak@hanmail.net

최혜영ⓒ, 2022, printed in Seoul, Korea

ISBN 978-89-6021-622-8
        978-89-6021-105-6 04810(세트)

값 10,000원

그 푸른빛 안에 오래 머무르련다

최 혜 영   시 집

천년의
시 작

2009년 등단한 뒤
한동안 몸이 아팠다
느린 움직임
짙은 안개의 생활 속에서도
놓지 않았던 '시를 사랑하는 마음'

이제 겨우 몸과 마음 추슬러
흩어진 시들을 모아
첫 시집에 담는다
감회가 깊다

2022년 봄날 최혜영

차 례

시인의 말

9

제1부 소금쟁이 부부

소금쟁이 부부

모두가 잠든 새벽
소금쟁이 부부의 역사를 추억하는 시간이 돌아왔어요
시간을 한참 거슬러 올라
선사시대 이야기를 시작했어요

연천군 신탄리 달박달박 쪽방 동네
주말이면 봄꽃들이 무너기로 몰려와 꽃 시장을 이루는 곳
마을에 몇 개 없는 어두침침한 다방
허름하고 볼품없는 작디작은 식당에도
시끌벅적 젊은 열기 가득했던 곳
밤이면 잘 곳 없어 뚱뚱하고 인심 좋은 주인댁
안방에서 쪽잠 자던 시절

그때 젊은 날 소금쟁이한테서 선물 받은 선사시대 유물
고고학자의 쐐기문자로 쓰인 누런 시집 한 권
거기서 참 오래된 시 한 편 읊어 주는데

아직도 이 시간 두근대는 봄 마당

소돌항

주문진항에서 조금 떨어진 마을의 좁은 길
작은 개천을 끼고 양쪽으로 부서진 벽돌 같은
집들이 다닥다닥 줄지어 있고
구불구불 풀어진 실타래 같은 골목에는
등 바랜 빈 의자들이 듬성듬성 놓여 있었는데요
지팡이처럼 등 굽은 노인들이
두세 명씩 의자에 앉아 그물에 걸리지 않는
바람 이야기를 하고 있었어요

작은 어촌 마을의 어시장 거리를 지나자
작고 예쁜 소돌항이 보였어요
옆으로 누운 소처럼 생겼다 해서 소돌바위
코끼리처럼 생겼다고 코끼리바위
소원을 빌면 아들을 낳게 해 준다는 아들바위
작은 항구에 기이한 바위들이 파도와 바람을 맞으며
퇴적하고 풍화되고 있었고
바위들 너머 빨간 등대는 고기잡이배의
깃발을 끌고 소돌항으로 돌아오고 있었는데요

정박된 배들이 파도와 한 몸처럼 흔들리는 좌판에서

오징어, 문어, 가자미, 광어를 썰어 회 한 접시 소주 한 병에
싱싱한 웃음을 덤으로 팔고 있는 상인도 있었구요
나는 오늘 성긴 그물에 걸린 물고기처럼
하루를 소돌항에서 마감하고 있었어요

봄의 제전祭典

게아제비에게 봄은 없었다

어느 날 연못가에서
가는 발목을 살며시 내미는 게아제비
일제히 일어선 투명한 실핏줄
게아제비 몸의 연못에서 힘차게 솟구치듯이
무심히 흐르는 붉은 피의 소리가 울려 퍼질 때

봄이 오는 길목에서 하던 일 멈추고
스트라빈스키의 봄의 제전을 들었다
극단적인 불협화음, 강렬한 16분의 1박 선율을 들으며
저절로 흔들리는 몸을 보았다
젊은 무용수들의 역동적인 움직임
까만 눈동자가 점점 커지고 있었다

삶의 가면을 벗겨 내고
몸의 핏줄로 일어서는 게아제비,
봄의 제왕

오리구름

파란 가을 하늘
오리구름이 끝내 독거를 시작했다

구름의 손
목탄으로
나비와 잠자리의 은허문자를
스케치한다

차마 부치지 못한
하늘 가득한 은허문자

독거 중인 오리구름이
파란 하늘에 쓸려 가고 있다

세석장에서 보낸 편지

새벽녘 중산리 매표소 앞을 지나
먹빛 어둠을 뚫고 들어선 산길
숨이 턱까지 차오르고 적막한 고요가 온몸을 휘감는다
동트는 세석장을 향해
새벽안개에 무릎을 적시며 봉우리를 넘는다

법계사에서 천왕봉으로
천왕봉 넘어 장터목에서 세석장 가는 길목에서 만난
다람쥐와 쇠박새, 노랑턱멧새, 할미새
길섶 지리바꽃과 구절초도 우리를 반긴다

세석장 시인마을
자연 속에서 한 편의 시를 만나 보라는 현수막이 걸려 있다
아담한 가판대에 진열된 낯익은 책들과 얼굴들

하늘 아래 첫 번째 만나는 빨간 우체통
물소리 새소리 맑은 바람을 담아
한 장의 엽서를 쓴다

이곳에 사는

물소리, 구름, 하늘, 모두 시인이다
새 한 마리가 빈 하늘에 일필휘지 시 한 편 쓰고 간다

소박한 밥상

대한을 며칠 앞두고 숨차게 눈이 내렸어
쏟아지는 벚꽃 같은 눈을 맞으며 저녁 산책을 하고 있었지
카페마다 환한 백열등 하나둘 꺼지고
스쳐 가는 풍경들조차 하얗게 얼어 버려서
따뜻한 난로가 그리워질 무렵이었어
하늘에서 손전화가 메아리처럼 다가온 거야

오랜만에 허름한 거리를 지나 마을 횟집에 갔지
건물에 잇대어 만든 포장마차 안은 텅 비어 있었어
그와 나는 가난한 마음에 불을 지피며
뚝배기연어알밥과 말간 조개미역국 한 대접
김치 한 접시가 전부인 소박한 밥상에 마주 앉았지

혹독한 겨울이 지나면 콘크리트 틈새로도 봄이 올 거라는
희망을 이야기했지
아이들만 예뻐하며 지내자는 이야기를 했지
나의 캥거루 꿈 이야기도 빼놓지 않고 이야기했지

하늘의 꿈!
파도 소리 들리는 푸른 수조 안에서 거품처럼 토해 내고
있었지

서강 8경

고래를 처음 만난 장소는
한강이 보이는 전망 좋은 곳이었다
물고기처럼 퍼덕거리며 보낸 하루의 끝자리
그때 난 색 바랜 카디건을 입고
바다에서 막 돌아온 고래와 마주했다
실내 모서리마다 할로겐램프가 사이펀의 노래를 부르고
상앗빛 샹들리에가 식탁을 환하게 비추고 있었다
하얀 접시 위 조각보와 투명한 와인 잔
낯선 풍경 어색한 시간은 소리 없이 흐르고
통유리 창 너머 서강대교 헤드라이트는 불꽃 같았다
고래가 펼쳐 놓은 바닷가재 코스 요리
발사믹 소스에 찍어 먹던 갓 구운 빵
칠레산 와인을 유리잔에 따라 마시며
메디슨 카운티의 다리 영화도 이야기하고
생텍쥐페리의 어린 왕자 이야기도 했다
그런데 고래는 바다 생각만 했다
서로 한 방향을 보지 못한 우리들의 시간
그날 고래의 초대는 발목까지 시린 서늘한 바람 같았다
손가락 사이로 빠져나가는 서걱거리는 모래알 같은

그해 여름

오리숲길 굴참나무 잎이 초록으로 짙어질 무렵
세조길 세심정 개울물 소리 귀를 간지럽히고
바람 한 자락 침 한 방울에도 버들치 실무늬 파문으로 모
여들 때

그 길에서,
겨우내 비어 있던 마른 나뭇가지 같은 내 몸 안에
여름이 들어차기 시작했지요
재잘대는 새소리 발목까지 내려온 바람
유리알처럼 맑은 개울물 오솔길에서 만난 청설모
재빠른 움직임 보일 듯 말 듯 후다닥 뛰는 어린 고라니까지

뼈 속까지 스며든 통증 나만 홀로 서서 머뭇거리는 사이
뜨거운 여름 햇살은 쪽잠을 자고 색 바랜 봉투에 꽃잎을 주
워 담고
사슴 발자국 밟으며 한 발 한 발 따라 걸을 때 더 깊어진 사
유의 행간
골짜기에서 길을 잃어버릴까 두려운 여름이었지요

비로소 보이는 것

어느 해였던가요

시집 한 권 소포로 받았지요

그때 나는 눈과 날개가 하나밖에 없는 비익조比翼鳥였어요

허물을 벗지 못한 누에처럼 일상을 깨지 못하고

부화의 시간을 한 장씩 넘기고 있었어요

많은 책들이 봄꽃처럼 다투며 오지도 않았지요

꽃 피는 봄! 고치처럼 웅크리고 앉아

녹슨 뼈마디 추스르느라 지친 하루를 보내고 있었지요

낡고 녹슬고 빛바랜 날들을 몇 번인가 보내고

듬성듬성 비어 있던 숲에 봄을 담기 시작했어요

자세히 살피니 비로소 보이는 것들

그가 그려 보낸 연리지와 비익조比翼鳥

그토록 아름다운 노래를 왜 그때는 듣지 못했을까요

cafe Lago

호숫가 언덕 모퉁이
코발트블루빛 카페 라고
시원한 파도 소리 들릴 것 같은 작은 공간
카페 라고의 한 벽면은 푸른빛 따라
태평양과 대서양이 펼쳐져 있고
그 위로 원형 나무 시계가 각기 다른 옷을 입은
시침과 분침을 움직이고 있었어요
큰 유리창 밖으로 언제 왔는지 초록 나뭇잎이
바람에 몸을 뒤척이며 오가는 발길 반기고 있었구요

그날은
줄 늘어진 현악기같이 헝클어진 오후였어요
가을 풍경화 속 코스모스 구절초 붓꽃 은방울꽃같이
다양한 색깔과 생각들이 함께 모이는 시간이었어요
아이들의 아이스께끼 같은 짓궂은 이야기로
시간의 흐름도 잊은 채 대화 속을 서성거리고 있었어요

나는 그들이 이야기하는 세상의 말들을 뒤로한 채
하늘에 닿을 것 같은 솟대처럼 마른 몸 일으켜
달빛을 잡아 보았어요

까만 밤 눈썹 같은 초승달을 잡으며

두 눈을 감아 보았어요

쑥부쟁이같이 작아진 심장으로

젊은 날 책 속에서 찾아보던

밀린 생각들을 바람으로 풀어내 보았어요

편의점 그녀

오랫동안 안부 전하지 못한 시간 뒤로
빠르게 전화벨이 울린다
같은 일을 하며
하루에도 서너 번씩 교감의 시간을 나누던 사이
한때 서로에게 흙과 나무였다

나른한 토요일 오후 그녀가 보내온 주소
내비에 저장하고 얼마를 달렸을까
내비가 도착지를 알리며 종료된 곳
잘 정돈된 도로와 건물들 사이
공단 안 편의점 문을 열고 들어서니
그녀는 쑥부쟁이처럼 낮게 앉아 음료수병을 정리 중이다

그녀도 나처럼 가을 낙엽같이 변했다
부실한 열매를 스스로 떨군 나무처럼
바짝 마른 몸에 짧은 커트 머리였다

땀에 전 작업복의 사람들이 수시로 드나들고
우리는 작은 테이블에 앉아 서로의 근황을 물었다
치매 노모 때문에 알바를 시작했다는 그녀

주민 센터 보조금이 생활의 힘이라고 했다

돌아오는 발길이 돌덩이를 매단 듯
쉽게 떨어지지 않았다
계절은 봄에서 여름으로 빠르게 변하고
먹먹한 가슴에 소나기라도 한차례 내려야 할 듯

감자

씨감자 한 개
눈을 찾아 여러 조각으로 자르고
하얀 속살 흙으로 살짝 덮어 주고
유치원 고사리 손으로 토닥토닥 두드려 주었다

어둠 속에서 생살 아무는 소리에
봄이 훌쩍 건너가고

감자는 어느새 꽃을 피워 이쪽저쪽으로 고개를 내민다
웃자란 줄기 가위로 잘라 주고
우유갑 가득 물을 채워 붓는다

다섯 살 아이들은 마냥 신기한 듯
루페로 감자꽃 여기저기 살피며
꽃을 보는지 잎을 보는지
동그란 눈으로 한참을 들여다본다

하지를 맞아 모여든 유치원 사람들
감자를 캐려고 어른 아이 할 것 없이
감자 골 앞에 늘어서서

삽으로 밭을 갈아엎어 놓으면

작은 손놀림이 어찌나 빠른지
금세 한 소쿠리 가득 넘치는 감자들
잘생긴 것도 못생긴 것도 모두 우리 얼굴들 같다

감자를 캐는 일
땅속에 숨어 있는 나를 만나는 것 같다

반월동 풍경

나는 시내와 떨어진 안산시 끝자락
논과 밭이 어우러진 곳에 살고 있다
마을버스 지나는 길가
드문드문 상추밭도 보이고
구부러진 골목길 안으로
서너 평 남짓한 가게들이 서로 기대고 서 있는

반월교복사 승리이발소 제일떡집 양지다방
국기 날리는 우체국과 농협 건물을 지나
한참을 가다 보면 하늘이 보이는 거리시장이 있고
손질한 채소를 한 다발씩 묶어 파는
할머니가 늘 좌판 앞에 앉아 있다

우리 집 뒷담에는 반월초등학교 운동장이 붙어 있고
대문은 노인정 유리문을 마주하고 있다
희긋한 노인들의 골 깊은 주름살
빛바랜 표정들이 가물가물 먼 물결되어 번지는 곳

이른 저녁을 먹고 길을 나서면
낯익은 안부들이 뒤를 따른다

텃밭 고추를 수확했다는 보일러 아저씨
풋고추에 막걸리 한 잔 하고
언제나 여유자적한 부동산 사장님도
초저녁 취기로 목청이 높아져 있다

어스름이 밀려온 마을 어귀에서 보면
멀리 아파트의 잠들지 못하는 불빛들이
푸석한 흙에서 하루의 날개를 펴고 날개를 접으며
우리 삶을 불안하게 내려다본다
찬바람이 불고 별빛이 내리고
빗소리 들리는 우리 동네를

바람의 푸른 발목

제주에 가면
뭍으로 걸어오는 바람이 산다
짠물에 발목을 적시며 건너오는 바람 소리에
섬의 뿌리가 한 자나 자라고
물길은 더 깊어져,

하늘의 이마가 아득한 수평선에 닿는다
하늘과 바다의 틈을 비집고 새들이 날아간다

밀고 당기는 바람 소리에
섬은 잠들지 못하고
가벼운 것들은 발목에 돌을 매달고 바람을 견딘다

투명한 속살 다 내보이며
바람에 취해
잠들지 못하는 섬

내 몸에도 바람이 산다
그 푸른 발목에 밟혀 한참을 앓았다

제2부 월계수

노랑 장미

그가 보내온 꽃다발
노란 웃음이 활짝 피었다

마지막 인사는 활짝 웃고 있는
노랑 장미 한 다발

그것뿐이었다
깊숙이 숨은 가시에 찔렸다

꽃병 가득 질투가
마른 빈혈처럼 노랗게 피어난다

월계수

수년 전
월계수 한 그루 내 안에 들여놓았다
나무는 천둥 같은 함성의 초록으로 다가왔고
번개처럼 하늘을 가르며 노란 꽃을 피웠다

몹시 아팠던 나는
나무 한 그루 가꿀 수 없는 힘든 시간을 견딜 때였다
팔다리가 잘리고 몸통마저 잘려 나간
서글픈 오후를 보내고 있을 때였다

월계수는
잎이 나고 꽃이 피고 열매 맺는
순환을 거듭하며 내 안에 자라고 있었다

인적 없는 숲속 청설모가 지나가는 것같이
깊은 산사에 울려 퍼지는 풍경 소리같이
저수지에서 유영하는 오리 떼같이

월계수,
그 푸른빛 안에 오래 머무르련다

호숫가 산책

하얗게 살얼음 낀 저수지에
오리 한 마리 연신 고개를 물속에 넣었다 뺐다 하며
먹이 사냥을 한다
한 줄로 길게 늘어선 가마우지 오리 떼도
헐거운 토요일 오후를 다 채우지 못하고

군락을 이룬 얼룩무늬 억새와 핑크뮬리
웃고 있는 키 낮은 명자나무와 홍띠
산책로 곳곳에 명소 삼아 앉아 있고

오가며 큰 나무 작은 풀씨 할 것 없이
자기를 열어 보이지만
모두 갈 길 바빠 비바체로 움직이는 메트로놈
한 바퀴 두 바퀴 도돌이표처럼 돌아 보지만
언제나 다시 그 자리
오늘도 빈손으로 하루를 마감하고 있다

시드니오페라하우스

내가 오월의 장미였을 때
젊은 혈기로 두려울 게 없던 때
생의 큰 고비 앞에서
한 아이의 부모한테서 받은 은혜에
크게 깨달은 바 있어
사막에서 오아시스를 찾는 것처럼
시드니 대학으로 짧은 연수를 떠났다

마음의 상처를 품고 무성한 말들 가라앉히며
스스로 고통을 감내하던 날
휴식차 들른 시드니오페라하우스
웅장한 건축물 앞 드넓은 광장 그 너머
단단했던 마음 한구석 허물며 성찰의 바다가 잔잔하게 물
결치고 있었다

그곳에서 푸치니의 오페라 나비부인 포스터를 보았다
일행은 이구동성으로 나비부인 관람을 외쳤다
웃돈을 주고 구한 티켓, 공연 시작 5분 전 입장
계단을 뛰어올라 맨 뒷자리에 앉아 공연을 보았다

>

언어의 장벽도 잠깐 공연에 푹 빠진 관객들
기립 박수로 답례하며 열광하던 기억
수십 년이 흐른 지금도 그날 그 시간 허밍 코러스
귓가에 여전히 울려 퍼진다

오페라하우스를 배경으로 찍은 사진 속 내 모습을 보며
아팠던 지난 시간
오늘을 채찍질하듯 소환해 본다

출판기념회

캠핑카에 사슴벌레, 장수풍뎅이, 황세줄나비, 암먹부전나
비, 큰멋쟁이나비가 사슴벌레의 시집 출판을 축하하기 위해
모였는데요
　하늘에선 구멍 뚫린 것처럼 한여름 밤 비가 쏟아졌는데요
　블루투스로 연결된 휴대폰에선 폴 킴의 〈모든 날 모든 순간〉
이 물안개처럼 피어오르고 있었구요
　투명하고 긴 다리의 와인 잔에 담긴 빠알간 루비 같은 포도
주는 정말 맛있었는데요
　연보라, 연초록, 연분홍 작은 들꽃들 다투며 이야기꽃 피울
때 노란 질투가 물방울처럼 마구마구 튀어 올랐어요

　멋진 외모와 근사한 몸에 날카로운 성격의 사슴벌레 무릎에
예쁜 황세줄나비가 사뿐히 앉아 이곳저곳 둘러보며 상 차리느
라 분주하고, 사슴벌레는 상기된 얼굴로 침방울 튀어 가며 목
청을 높이고 있었는데요
　검은 뿔테 안경 너머 슬쩍슬쩍 나비들의 동태를 지켜보는 장
수풍뎅이 해학과 재치 있는 말솜씨로 웃음꽃을 피우고
　학의 다리처럼 고고한 큰멋쟁이나비는 핸드 드립 커피를 만
들며 도도하게 앉아 시 한 수 읊으며 잘난 체하고
　이제 겨우 숨 쉬기 시작한 암먹부전나비는 이 모든 게 새로

운 체험이라는 듯 귀 쫑긋, 눈 반짝

사슴벌레는 시와 노래와 와인 한 잔에 비틀거리며 장수풍뎅이의 나비 철학과 밤늦도록 논쟁하고 있었는데요

그때, 암먹부전나비 휴대폰에 도착한 카톡 한 줄

"정말 밥 안 줄 거야?"

화들짝 놀란 토끼처럼 신발 한 짝마저 팽개친 채 깡충깡충 저수지를 넘어가느라 사슴벌레 출판 기념이 전복되었다는 소식을 담장을 타고 올라온 능소화 넝쿨을 통해 전해 들었다네요

청계알 날개 달다

암막 커튼 속 검란하는 아이들 얼굴 표정이 살아 있어
푸른 알을 어미 닭의 건초 둥지에 넣어 주었지
닭장 밖 오후 볕이 기우는 동안 시끌시끌했지

아이들 발소리 잦아들고 소슬바람처럼 낮은 소리
푸른 알 쪼는 병아리 어미 닭도 밖에서 함께 쪼아 주었지
아이들 생명의 탄생에 감탄과 기쁨의 눈길 거두지 못했어

서로 다른 색깔의 건강한 병아리 푸드덕푸드덕 날갯짓할 때
한쪽 다리 쓰지 못하는 병아리
며칠 견디지 못하고 죽음을 맞이하는데
아이들 마음 아파하며 산벚나무 아래 묻어 주었지

아이들 죽은 병아리를 곧 잊었지
산벚꽃 활짝 피었다 지는 사이
아이들 맑은 햇살 한 아름씩 안고
떠들썩한 하루 보내다 갔지

옷장 정리

옷장을 연다
낯익은 잠자는 날개들
한때 설렘과 기쁨으로 찾아 입던 옷

하나하나 추억이 배어 있는
눈부시던 것들
어느새 새것들에 앞자리 내어 주고
생기를 잃고 뒤쪽에서
고개를 빼고 있다

쾌쾌한 냄새를 햇볕에 말린다
옷장 속에서 늙어 간 세월
바랜 옷들과 내 얼굴이 닮아 있다
다시 옷장에 걸린 옷들이 낙엽처럼 물든다

기사 식당 할머니

안산시 팔곡일동 공영 주차장 기사 식당 주인 할머니는 머리가 하얗다 한때 주방 보조로 시작한 일이 벌써 30년이 되었다 허리가 휘어서 걷기 불편하다지만 지금도 밥 짓고 반찬 나르는 일에는 젊은이들 못지않게 몸이 빠르다 바쁜 손님 한나절 치르고 나면 할머니는 바로 목 수건을 하고 화단에 나와 사신다 꽃들 이름 하나하나 불러 가며 여유 있게 호미질하는 할머니 맨드라미 과꽃 채송화 봉숭아 백일홍 붓꽃을 가꾸는 화단 옆 울타리에는 호박 넝쿨도 올리고 있다 내가 깨꽃을 가리키며 할머니에게 옛날 새댁 시절 꽃이냐 물으면 요새 저런 꽃 보기 힘들어 하며 웃으신다 어려서부터 깨꽃을 좋아했다는 할머니 쌀쌀한 봄날 싹 텄나 살피고 한여름 가뭄에 꽃들 늘어질 땐 시원한 물 퍼 나르고 장대비 지나가면 소국들 색깔별로 손질하시는 할머니 어쩌다 정정하다는 말을 들으면 나이를 잊어버려서 그렇다며 깊게 파인 주름살로 어색하게 웃으신다 그런데 이상한 일도 있다 묻지도 않은 혼잣말을 자주 하신다 오래 살았다 오래 살았어! 망연한 표정으로 하늘을 올려다볼 때가 잦다 하늘에 어떤 굴곡 새겨 놓으셨는지 모르지만 그래도 할머니 내일도 어김없이 이른 시간에 식당 문 여실 테고 또 한숨 돌리고 나면 목 수건 두르고 호미 들고 꽃밭에 앉아 계시겠지

삼십 년 전의 눈이 내린다

눈이 내리는
자욱한 하늘을 올려다본다
세상의 끝이 어디인지
참 아득하다

외딴섬
외등 아래 골목길이 사라지고
눈이 세상의 소리를 다 삼켜
섬의 지붕은 더 낮아지고
개 한 마리가 겅중거린다
발자국 꽃이 파도처럼 하얗다

그 옛집 단발머리 소녀가
눈송이를 이고 눈을 굴린다
발자국이 얽혀 꽃송이가 활짝 핀다

지금 창밖에 삼십 년 전의
눈이 내린다
쏟아지는 하늘을 향해 컹컹 짖어 대는 개
저 개도 영락없는 그 옛집
마루 밑에 잠들던 우리 백구다

섬

바람 때문일까
제주 바다의 파도가 몸부림치는 것은
거센 바람에 흩어지는 눈송이들이
얼굴에 내려앉자 무심코 허공에 헛손질을 한다

오래된 시간의 정원 종려나무 가로수 길 따라
표정 없는 풍경에 길 잃은 철새들
바닷바람에 흠뻑 취해 파도처럼 출렁인다
시간의 블랙홀 수평선에 곤두박질치고
쏟아지는 눈송이가 부식된 시간과 이별한다

바람 잦은 섬에 와 잠 못 이루는 사이
이방인들의 느긋한 발걸음
해독되지 못한 내가 돌하르방처럼 돌아앉는다

가을의 기도

가을 창으로 들어오는 가는 햇살
거실 깊숙이 내려앉는다
낙엽처럼 차가운 빛이지만 온기가 있다

떨어진 나뭇잎들엔
제 몫을 다한 빛이 배어 있고
아직 나무에 남아 있는 나뭇잎들은
빨갛고 노란 바람에 몸을 맡기고
조용히 숨을 가라앉히고 있다

가을 창으로 뜨거운 여름 바람 떠나고
밖은 점점 차가워지는데
붉어져 오는 가을 하늘 온기를 모으며
누군가를 그리워하고 있다

바람 자는 곳에 터를 잡고

한적한 산골
소채 걷으며
아침마다 찾아드는
산새 소리 내 방 가득
들이고 싶다

샘물 길 따라
새벽 산책하고
여름 푸성귀 뜯어다
김 나는 나물밥 지어
아침상 차리고
욕심 없는 풀꽃이 되고 싶다

희끗한 세월
골 깊은 주름살 쓸어 가며
가을 산 마른 숲에
나를 내려놓고 마음 모아
기도하며 살고 싶다

나무토막 주워

마루방 덥히고
햇볕 드는 창가에서
느리게 아주 느리게
온 계절을 살고 싶다

폭설 후

달빛마저 삼킨 어두운 밤
차량 통행 금지 노란 바리케이드
반딧불처럼 빛나고 있는
내비게이션조차 멈춰 버린
인적 없는 낯선 길
캄캄한 말티고개에서 가슴만
자맥질하던 날

나뭇가지 걸린 눈송이들 흩어지며
흰 서리로 내려앉는 결빙의 경사로에
기적처럼 서 있는 눈꽃들
내 볼에 찬바람은 더 매서운데
차 안 여자 다섯, 위험한 웃음소리
산을 넘어가는 어느 겨울밤

머뭇거리면서 끝내는 가야 할 곳
어디쯤 당도한 시詩!
살포시 연기를 내뿜으며
급한 저녁을 짓고 있다

와글와글 유치원

연둣빛 새순 와글와글 피어나는 곳
담장 밖으로 오르간 소리 울려 퍼질 때
두런두런 서너 명씩 앉아 밑그림을 그리는 시간
다른 아이는 벽돌쌓기 게임을 하며 서로 우길 때
유치원 밖 학부모들이 코끝을 만지며 서성거리는 곳
개나리처럼 올망졸망 마주 보며 노란 웃음 번질 때
속눈썹 깜박이며 호기심에 눈망울 점점 커질 때

와글와글 유치원은 봄이다 봄!

제3부 화목 난로

이장移葬

9월의 비가 이토록 차가웠던가
부용도 울고 개구리도 울고 포클레인마저 우는
어둠이 채 가시지 않은 새벽
파헤쳐진 흙바닥에 나뒹구는 석상 석분들
어머니 깊고 오랜 잠을 깨운다
앙상한 뼈마디 줄 끊어진 묵주 알
머리뼈에 남아 있는 머리카락 몇 올
한 점 한 점 꺼내 올린 쑥부쟁이 팔 쑥부쟁이 다리

흙을 턴다
실장갑에 묻어나는 붉은 피
백지 위에 조심스레 올려놓은 쑥부쟁이 무릎 쑥부쟁이 가슴
가을비 흩뿌리는 하늘
삭은 쑥부쟁이 몸에 흩어진 묵주 알을 올려놓는다
하얀 화선지로 염하고 모두 성환성지로 이동한다
길가 코스모스 국화도 형형색색 따라온다
산새들 지저귀는 구릉과 언덕마다
언제 비 퍼부었느냐는 듯
살굿빛같이 햇살 좋은 오후
슬픔을 감춘 꽃들도 환하게 웃고 있다

손빨래

오랜만에 손빨래를 한다
누렇게 찌든 옷가지들
헐렁한 바지에서 땀에 절은
남편의 속옷이 빠져나오고
구두 속에 갇혀 있던 발꼬랑네들
뒤엉켜 나온다
아들 청바지를 추려 가며
허옇게 굳어 버린 비누를 찾아
물에 퉁퉁 불은 옷들을
빨래판 위에 올려놓는다
손으로 싹싹 비벼 문지르고
찰찰 찬물에 헹궈
끈적한 땟국물을 씻어 낸다
등이 흥건히 젖도록 흔들어 댄 몸부림
몸속 혈관마저 시원해진 느낌이다
감추고 싶었던 얼룩들
물기를 짜고 탁탁 털어
하나씩 컬고 나면 묵은 짐 내려놓듯
어느새 촉촉한 봄기운이
겨우내 웅크렸던 집 안으로 성큼 들어서고

얼룩을 하얗게 표백하던 내 손길이

물안개 뽀얀 빨랫대에서

종일 명주바람으로 수인사하고 있다

나는 네 개의 손을 가졌다

빨리 나오라는 창밖 클랙슨 소리
화장하다가 한쪽 눈썹만 그리고 나간다
출근 시간 5분 늦게 도착
하루의 시작이 흔들린다
서둘러 아이들 그림 지도를 한다
이어서 학부모 상담하고
오후가 되면 유치원을 빠져나온다
자동차 영업소로 뛰어가
지인들에게 광고 문자를 띄운다
헛웃음에 입이 마른다

퉁퉁 부은 다리를 끌고 집으로 돌아온다
뭐가 이리 정신없는 거지?
현관문과 나와 건망증이 서로를 쳐다본다
밥솥에서 김이 오르고 세탁기가 혼자 돌아간다
미처 잠그지 못한 수돗물이 흘러넘친다
한숨을 돌리고 찬물로 얼굴을 씻고
충혈된 눈으로 컴퓨터를 켠다
밀린 강의를 듣고 꾸벅꾸벅 졸면서 시험을 치른다

\>

가장 바삐 살면서도 늘 뒤처지는 달음박질
보는 일마다 욕심을 내지만
자신과의 약속은 허공으로 빠져나간다
눈 비비며 맑은 새벽을 맞이하지만
이내 작은 햇살에도 하루가 바스러진다
오늘도 내 몸에서는 네 개의 손이 돋아난다

에스프레소

새벽 두 시
들길 따라 노란 벼 이삭에 내려앉은 어둠
좁은 오솔길을 따라 그대를 만나러 갔습니다

그대 머리 위로 내려앉은 하얀 이슬방울들이
에스프레소를 닮았습니다

거친 풍랑과 험난한 가시밭길의 생애에서
온몸 시퍼렇게 멍이 들어
대못 가슴에 박힌 채 도착한 이곳 지하 낙원

네모난 그대의 방 앞을 서성이다 주저앉아
힘없는 서러움에 떨어지는 눈물

그대가 좋아하던 바나나우유 에이스 과자
카스타드 케이크 몇 봉지
노란 프리지어 한 다발을 올려놓습니다

나는 에스프레소 한 잔에 그리움 담아
찌든 욕망과 집착 내려놓으며
깊이 호흡을 고릅니다

죽변항

죽변항 이상기류에
마음은 계속 내리막길이다
오후 내내 다퉜다
술에 취해 이미 눈꺼풀이 내려앉은 사람
무섭게 안개 속으로 나를 밀어 넣고 있다

해변으로 끌어 올려진 작은 배들
밧줄에 꽁꽁 묶여 있다
꽃물 사랑으로 묶인 낯선 사람들

사람들과 배들도 저렇게 묶이는데
나를 친친 감는 이 질긴 속박의 끈은 무얼까
사랑일까 미움일까

앞이 보이지 않는다
새들도 보이지 않는다
등대 불빛조차 삼켜 버린 검은 파도
나는 한 발자국도 움직일 수 없다

안개가, 검은 파도가
모두를 덮을 수 없다는 것을
너는 아직 모르고 있으리라

화목 난로

지난 몇 년의 가을
나는 마른 꽃잎 떨구듯
스스로 아픔을 견디며 그믐밤 같은 시간을 보냈다
그렇게 해가 바뀌기를 몇 해
그새 우리 집 거실에 화목 난로가 생겼다
그는 참나무 장작이 몸에 좋다며
한겨울 장작 패기에 열중해
손바닥은 조개껍데기처럼 트고
안경 낀 얼굴은 성에 낀 것처럼 차가웠다
매일 새벽 별을 보며 불을 지피느라
창가에서 우는 새처럼 일찍 하루를 시작하였다

저녁에 퇴근해 돌아오면
화목 난로 참나무 장작 타는 소리
타닥타닥 들리고
나는 실타래를 꺼내 난로 앞에 앉아
손뜨개질을 하며 엉킨 하루를 풀었다
난로 위에 올려놓은 밤고구마가 익는 동안
구름 모자도 뜨고 여우 목도리도 뜨면서
흠씬 땀을 흘리고 나면

바스러질 것 같던 몸이 부풀어 오르며
내 몸에도 다시 봄이 오는지
아지랑이 같은 기운이 일렁이곤 했다

의자놀이*

2009년 5월
쌍용자동차 구조조정
-정리해고 결사반대-
정문 곳곳 바리케이드가 길을 막고
빨간 머리띠 물결을 이룬다
확성기에선 단결투쟁가가 우렁차다

처진 어깨로 집회 무리에서 빠져나오는
그의 그림자를 따라 나도 현장을 나선다
오랫동안 손때 묻힌 일들
그 자리에 그대로 내려놓고 나오는 길
아무도 없다

누구의 잘못일까?
날마다 아침도 거르고 출근했다
밤늦게 들어와 쓰러지던 세월
세 식구 등에 지고
혼자 걸었던 길
이제 더는 갈 수 없다

\>

공원 빈 벤치를 밤늦도록 지키다가
귀가한 바지에서 서늘한 바람 냄새가 난다
주머니 속엔 밑줄로 구겨진 생활 정보지 한 장
마흔일곱 해의 봄이 지나고 있다

이유를 알 수 없는 해고 통지를 받고
그 부당함에 아무런 설명도 듣지 못한 그
나도 할 말이 없다
독한 술에 쓰러져 아들 등에 업혀서 돌아온 저녁
차가워진 그의 손을 다시 쥐어 본다

* 쌍용자동차 해고 문제를 다룬 르포, 공지영의 『의자놀이』에서 차용.

잃어버린 봄날

날이 풀리면서 하루씩 대기가 가벼워져 간다
오랜 추위를 이겨 낸 웃음일까
지난해 심었던 어린 오가피나무가
빼꼼히 눈을 뜨며 연둣빛 혀를 내민다
줄기마다 우물물을 채우고
집 안 구석구석
봄바람이 허리춤으로 돌아다닌다

뒤꼍 음식물 쓰레기 더미
길냥이 한 마리가 내 걸음을 따라온다
배고픔에 지친 눈빛
들숨과 날숨에 매달려 먹을 것 찾는
저 순례의 길 얼마나 숨찰까
나와의 스침도 하나의 허기였을 눈빛이
종일 마음을 누른다
환한 살구나무의 빛깔도 살랑이는 햇살도
그날의 배고픔보다 더할까
때를 거르며 생각해 본 봄날의 단상이다
고승의 윤회설을 떠올리며
위안 삼아 본 잃어버린 환한 봄날이다

조기조림

술 취한 그가 조기 한 두름 가져왔다
목공 일 하는 동네 형님과 한잔하고
갈지자걸음으로 춤추듯 대문을 들어섰다
온종일 퍼덕거리며
뼈가 시리도록 움직인 그의 젖은 발
심해 물고기처럼 꼬리지느러미 바삐 움직이며
다닥다닥 지붕 맞댄 골목 사이로 가난한 밥상 마련하려고
오늘도 파도 소리 묻은 조기 한 두름 안고
그가 돌아왔다

나는 엄마가 그랬던 것처럼 조기에 칼집을 넣고
매운 생의 고춧가루 듬뿍 넣어 한 냄비 가득 조기조림을 한다

깻잎장아찌

언제부터인지
우리 집 밥상에 깻잎 반찬이 자주 놓였다
변변한 찬도 없고
입맛 잃어 식욕도 없을 때
들기름에 간장 절인 깻잎장아찌를
살짝 익혀서
한 장씩 밥 위에 얹어 먹으면
금세 비워지는 밥 한 그릇

나도 이제 엄마 나이가 되었나
맛있다고 몇 장씩 욕심껏 먹고 나서
목이 말라 잠 깨는 새벽
오늘도 그날처럼
거푸 냉수를 찾으며
잠이 오지 않을 때
자박자박 바장이며 당신께
숨어드는 이 환한 밤

동치미

불빛이 없어 더 추웠던 시골집
뒷마당 감나무에 늘 달빛이 걸려 있었다
장독대 눈 쓸어 내리고
깊은 단지 허리 숙여
떠다 주시던 살얼음 낀 동치미 한 사발
어머니 얼굴 하얗게 얼어 있었다

찐 고구마 한 소쿠리 함께 넣어 주시고
앞치마에 찬 손 닦으시던
손길의 따뜻한 기억
내 안의 살바람 같은 숨결이었는데
세월은 이리도 무심하다

동치미같이 언제나 맑던 어머니
그곳은 춥지 않으신지
선잠 깬 밤
바람 소리 몰려가는 곳으로
가슴 저린 그리움 전하고 싶다

오래된 사진

무심히 바라본 책꽂이 앞 액자
매화꽃 몽우리 같은 내가 교복에 감색 코트를 입고
붉은 졸업 앨범과 초록 졸업 케이스를 들고
가운데 서서 웃고 있다

생의 늦가을을 보내고 있는 사진 속 엄마, 아버지

어미 새같이 모성이 강한 엄마
초록색 비로드 한복을 입고
하얀 버선 하얀 고무신 하얀 숄을 걸치고
희미한 빛으로 어색하게 웃고 서 계신 엄마

사슴벌레 집게 다리 같은 꼬장꼬장한 성격에
당신 닮은 막내딸 졸업식에는 꼭 가야 한다고
양복에 넥타이 매고 검정 롱 코트 입고
뒷짐 지고 빙긋이 웃고 계신 아버지

그 그늘에서 기쁘고, 행복하고, 슬프고, 도전하고, 성취하고,
넘어지고, 일어나고, 포기하고, 잃어 가며 보낸 숱한 나날들
오래된 사진 속 내가 부모님 나이가 되어서야

그 마음 이제 알 것 같은데

오늘 밤
당신들이 내게 주셨던 무한대의 사랑이 한없이 그리운 시
간이다

나의 아들아

아들아
네가 아주 어려
엄마의 손길이 필요했을 때
숨찬 세월 허둥대느라
너를 제대로 돌보지 못했다
착한 너는 불평 한마디 없이
반듯하게 잘 자라 주었지
아빠가 회사를 그만두었을 때도
어른처럼 말없이 자원입대를 했지

너를 춘천 102보충대에 입소시키면서
불 하나 없는 어두운 숲길에 너만 남겨 두고
집으로 돌아오는 길에
수만 겹의 바람을 마주하며
울음 주머니를 터트렸지

어느 날
훌쩍 커 버린 너의 뒷모습을 보며
외할머니가 내게 그랬던 것처럼
내 기도도 간절해지는 것은

네가 내 아들이기 때문이지

나의 아들아
네 살림이 아름다운 숲을 이루고
그 속에서 너를 닮은 예쁜 아이도 얻고
모든 이들과 함께
세상의 빛이 되어 살기 바란다

올해 겨울, 몽이는

남편이 해직되던 그해 겨울 취미 삼아 다니던 목공방 한편 톱밥 상자에서 꼬리를 흔들며 몸을 털던 한 달 된 몽이 긴 밤 혼자 추운 공방 지키는 게 안쓰러워 며칠만 집에 데리고 있자더니 그새 정이 들어 몽이는 백구 방울이와 함께 우리 가족이 되었다 빈집에 도둑 들세라 날 세워 지키고 집 앞 지나는 행인들 몽이 컹컹 짖는 소리에 담벼락 근처도 얼씬 못 했다 날마다 식구들 귀가 때면 귀 쫑긋 세우고 현관 앞에 두 발 가지런히 모으다가 반갑게 달려들던 몽이 그런데 어느 날 새벽 몽이가 한참을 짖어 댔다 비릿한 냄새에 놀라 일어나 보니 몽이가 현관 앞에 토하고 피똥을 싸며 괴로워하는 것 아닌가 몇 시간째 힘들어하는 몽이를 보고 이제 보내야 하는가 보다 싶어 잘 가라고 너 때문에 행복했다고 마음의 준비를 하는데 몽이 그 큰 두 눈에 눈물 가득 고이는 걸 보았다 그런데 몽이와 정 깊은 아들이 그냥 있지 않았다 직접 황태채 넣고 맑은 죽 끓여 며칠 먹였더니 일어서지도 못하던 것이 어느 새 똘망해진 눈으로 겅중겅중 뛰어오르며 꼬리를 힘차게 흔드는 게 아닌가. 아들아 네가 몽이를 살렸구나 우리는 보내려고 작별 인사만 생각하고 있었는데…… 몽이는 좀 더 단단하게 오래 살고 싶은가 보다 몽이 때문에 놀라고 아팠던 마음이 가시며 우리 가족의 시간 올해 겨울도 촘촘하게 진을 친다

꿈에 어머니 다녀가시다

바람 소리에 잠이 깼습니다
집 안이 텅 비어 있습니다
꿈길에서도 늘 뒷모습으로 다녀가시는 분
혼자 어스름 달빛 아래 앉아서 먼 길 내다보며
하루해가 너무 빠르다고 하셨지요
돋보기안경 속으로
가족사진을 들여다보시며
인생 더 길어 봐야 또 어쩌겠냐 하셨지요
빈집을 홀로 지키시던 어머니

흩어졌던 자식들 모이면
물빛 웃음 활짝 피우시던 당신은
햇볕 가득한 꽃밭이었습니다
언제나 그리움으로
내 삶에 동트는 아침!
꿈길에도 걱정하는 어머니께
나는 내내 무심한 죄인입니다

어머니의 놋촛대

어머니는 촛불을 켜고
기도로 하루를 여셨다
아침이면 성모상 앞에서
서너 시간씩 기도를 하셨다

어머니가 남기고 가신 놋촛대
불을 켜고 눈을 감아 본다
회오리바람
거칠어지는 호흡
나는 출구를 잃고 서성거린다

더 이상 눈을 감을 수가 없다
한 번도 내 심지를 태워 본 적 없으니
빛을 안으로 모으기는커녕
몸 밖 그림자만 치렁댈 뿐
흩어진 혼불 그러모아 보지만
아직도 터널 끝 전방은 막막한 하염없음

제4부 청계사 선방

움

하늘가 물결 소리 파랗다
바람 속 햇살이
콘크리트 틈새로 들어가
풀씨들의 숨결을 몰고 나온다
캄캄한 추위를 견뎌 낸 생명들
다투어 소리를 내고
땅은 꿈틀거리기 시작한다

언 땅 위로 오르는 엷은 기류
봄의 움 틔워 올리는 큰 숨결
푸른 선율 위를 걷는 내 몸

어디선가 무명의 나뭇가지도
뽀얀 움 틔우고
움찔거리는 땅에서도
김 모락모락 올라오고 있으리라

그러지 않고서야 평온하던 이 가슴
왜 이렇게 크게 설레겠는가?

청계사 선방

비 오는 토요일 오후 산사 가는 숲길에
초록 나뭇잎에 비 묻은 바람 빗장 풀어 놓을 때
연분홍 연꽃 아래 숨죽였던 이슬 타래들
좁은 길에서 움츠렸다 뛰는 두꺼비 등 위로 떨어져 구른다

새벽마다 찾아오는 끝없는 번뇌
청계사 와불 아래 놓인 작은 천불상 앞에
다소곳이 향불 피우고
하얀 찔레꽃처럼 앉아 참선에 든다

봄볕이 사각거리는 오후의 그 골목길
매미 울음소리 가득한 아라비카카페 2층에 앉아
한껏 오므렸다 순간 펼쳐지는 날개처럼
비상하듯 나비 한 마리 그날처럼 날아오른다

휴면 메일

주인 떠나간 오래된 정원
거미줄 뒤덮인 처마 밑 녹슨 호미 한 자루
울타리 늙은 호박 꾸벅꾸벅 졸고 있는 오후 세 시
잡풀 더미에서 들리는 당나귀의 신호음
장미 넝쿨에서 뻗어 나간 파장 서로 뒤엉켜 피로한 정원

그곳에 발 들여놓으려 두드리던 패스워드
폐허 같은 정원에서 잠이 들고 잠이 깨던 날
오후 네 시, 모두가 돌아간 빈 운동장에서
몇 번의 겨울을 보내는 동안
여전히 복구되지 않는 싸늘함
한겨울 마당에 널어놓은 광목 이불처럼
하얗게 얼어붙은 마음 한 귀퉁이

바람이 분다

반월역에서 안국역까지
하얀 스커트 입고 먼 길 걷는다
토요일 오후 분분이 날리는 벚꽃 잎들
바람이 분다

쌈지길에서부터 꽃물결 만드는 언덕들
모래바람에 눈만 내놓고
꽃 무리들 출렁이며 오르내리며
수도약국 지나 경인미술관 다원으로 간다
따끈한 국화차 향기에
한옥 처마 끝 살짝 들어 올리며
김영동의 〈귀소歸巢〉가 흘러나온다

하얀 스커트 주름마다 모래바람이 스민다
연둣빛 정원수 우쭐거리고
팝콘처럼 새싹들 마구 튀어 오르는 오후
바람이 분다

수리사

수리사 가는 길목에
가을의 마지막을 알려 주는
물소리 없는 개울이 있고
앙상한 나뭇가지 마지막 잎새가
바람에 흔들리며 가을볕을 맞이한다

인적 없는 수리사 앞마당
하늘은 구름 한 점 없이 텅 비어 있고
성긴 나무들은 서로에게 이별을 한다
짧은 햇볕 사이로 지나는 가을
발끝에 밟히는 낙엽들에게
따뜻한 손길로 이별을 한다

눈

눈이 내리고 있다
방송마다 한파주의보로 눈길을 사로잡고
TV 속 북아현동에서는 내 어린 시절이 걸어 나오고 있다

자욱하게 밀려오는 회색 하늘을 올려다보면
자꾸만 먼 세상으로 가고, 외딴섬에 홀로 남겨진 꿈
외등 아래 골목이 모래성처럼 사라지고
낮은 지붕 위 소복이 쌓이던 눈이
세상의 소리를 다 삼켜 버리고

길을 잃은 나는 오늘도 문밖에서 서성이고 있다

별을 만지다

동해 묵호항
캄캄한 하늘에서
낯익은 몇 개의 별들을 보았다
아주 오랜만의 일이다
기억나는 대로 하나씩
손짓을 하며 별을 헤아려 본다
북두칠성 오리온자리 전갈자리 쌍둥이자리
어린 시절 나의 눈도 별처럼 맑았을까?

어둠이 켜켜이 쌓인 밤하늘
잠을 설치게 했던 별들이
하나둘 불을 끈다
누군가 별을 거두어 가고
별을 쫓던 나는 빈손으로 돌아온다

밤새 이는 파도 소리에
바다도 나도 몸을 뒤척인다

붕어빵 굽는 남자

하늘은 캄캄하고 봄눈은 쉬지 않고 내리는데
폭설을 견디지 못한 나뭇가지처럼
사내의 어깨가 푹 처져 있었다
그는 지난겨울을 그렇게 혹독하게 났다

커다란 우산으로도 숨기지 못하는 아이
어미를 기다리다 지친 아기 새 같은 아이를 기다리며
헐렁한 옷차림의 사내는
한동안 매일 유치원 앞을 그렇게 서성였다

아이 엄마는 겨울이 지나도 보이지 않고
유치원 교실은 날마다 아이들의 웃음소리 오르내리고
피아노 연주에 맞춰 새싹들의 노랫소리 울려 퍼지고

저물녘 오래된 골목 입구에서 만난 그 남자
헌 벙거지 모자에 구멍 난 장갑을 끼고
바짝 움츠린 모습으로 붕어빵을 굽고 있었다

굽은 어깨 시린 손등으로 힘들게 시간을 버티는 모습이
뿌리를 내리지 못한 가로수 같았다

내일 아침은

어떤 얼굴로 그 남자를 마주해야 할까?

어두운 밤 진눈깨비는 가로등 밑으로 쉼 없이 내리고

엄마 없는 아기 새 생각에 내 마음도 하얗게 얼어 있었다

삭제하다

뒷동산 벚꽃나무 젖몸살
골목길 조무래기들 웃음소리
토요일 오후의 나른함
반복되는 인터넷 서핑의 무료함
책상 위 모래시계 거푸 뒤집고
바람을 물고 온 풀씨마저 움을 틔우고
부러진 나뭇가지들 아우성
푸른 잎 툭툭 뱉어 내고 있는 봄날

그런 하루마저 삭제되다

거리시장

낯선 청년이 트럭에 채소를 싣고
아파트 모퉁이에서 장사를 한다
관리인의 눈을 피해 마이크도 없이
농약도 덜 치고 직접 키운 거라며
가격을 말할 때도 더듬거리기만 한다
지나던 주부들이 채소를 뒤적이며
큰 단을 고르고 가격을 깎는다
도심의 계산법에 머쓱해진 청년
푸석한 웃음으로 그냥 서 있기만 한다
그러다 그냥 싣고 돌아갈 생각인지
채소를 주섬주섬 다시 트럭에 싣는다
배추 한 포기에 열무 한 단 보태야
그 흔한 프렌차이즈 카페 커피 한 잔 값이다
목 수건으로 땀을 한번 닦고
떨이를 외치며
청년의 쉰 목소리가 씁쓸한 현실을 수금하고 있다
부슬부슬 가을비가 내리고
길 건너 커다란 당구장 입간판 뒤
담배를 꼬나문 젊은 애들 서넛
아파트 귀퉁이 청년의 푸른 트럭을 길게 쳐다본다

우리 동네 아저씨

헐렁한 바지에 양복 윗도리 걸친 아저씨
만나면 먼저 큰 소리로
안녕하세요?
말하며 손을 흔드는 게 그의 인사법

그의 등 뒤에 낡은 리어카가 힘들게 매달려 있다
이 골목 저 골목 누비는 그의 발길만큼
높이 쌓여 가는 위태로운 파지들
어눌한 말투 흔들리는 발걸음
내딛는 걸음마다 그의 하루가 불안하다

무더운 여름 퇴근길
동네를 조금 벗어난 곳에서 그를 다시 만났다
무거운 짐을 들고 끙끙거리는데
"내가 들어 줄게요"
마다할 시간도 없이 번쩍 짐을 들어 내 차에 싣는다

저 사람은 왜 씻지도 않고 지낼까?
왜 양복 윗도리를 고집해 입을까?
궁금한 게 많지만 한 번도 물어본 적 없는

그저 그런 동네 아저씨

모자람도 있지만 인정만큼은 차고 넘치는
그의 생각에
잠을 뒤척이는 밤이다

독거노인

햇볕이 들지 않는 작은 처마 밑
늘어진 러닝셔츠 차림의 그가
쪼그리고 앉아 라면을 끓이고 있다
퉁퉁 불은 라면에 신 김치 한 조각
비닐봉지 안에서 꺼낸 막걸리로
무료한 한낮 허기를 달래고 있다

비닐 장판 위로 빠르게 기어가는 그리마
사방으로 둘러친 거미줄과 거미
물엿처럼 끈적이는 음습한 바닥
두 평 남짓한 방 안

아무도 찾아오지 않는다
흐릿한 전구 알에 하루살이 날아들면
모로 누운 등이 보인다

희미하게 새어 든 한 줄기 빛
전깃줄에 내려앉은 참새들의 수다
코끝에 스쳐 짙어지는 아카시아 향기

\>

오늘 또 다른 희망을 열어 보지만
무엇이 남아 있으랴
처마 밑에서 햇볕을 쬐는 일밖에는

목화

구름 겹겹이 쌓이는 숨결 따라
안으로 숨어든 낮달
그믐 닮은 심장의 박동 소리
목화송이같이 작아진 가슴으로
햇살 바삭이며 이야기할 때
네게 당도할 수 없는 마른 꽃망울

목화는 묵언수행 중

정치한 묘사와 다정한 교감의 마술

공광규(시인)

1

최혜영 시인의 시집 원고를 읽어 가는 동안 나는 다정다
감한 서정의 목소리를 가진 주인공과 마주 앉아 있는 느낌
을 받았다. 숲속의 화초와 곤충과 날짐승과 길짐승들에 대
하여, 산과 바다와 들에 대하여, 자연과 인사, 시인의 생활
감정과 인생에 대하여, 계절에 대하여 조근조근 이야기를 듣
고 있는 듯했다.

최 시인의 시에서 가장 눈에 띄는 것은 친자연적 소재다.
시인 개인의 관심사나 성향, 소양, 가치관을 엿볼 수 있는 시
적 재료가 소재다. 시로 가공되기 전, 형상되기 이전 원료인
소재 자체가 작품이 될 수는 없지만, 대부분 독자들은 시의
소재를 통해 시인의 감각과 정신과 미학적 지향을 어느 정도

가늠할 수 있다.

　그다음 눈에 띄는 것은 대상을 보는 시선이다. 그것은 관찰이며 시각이며 대상을 자세히 살피는 능력이다. 시의 성공 여부는 사물과 사건에 대한 관찰과 묘사와 발견에서 거의 결정된다. 그리고 묘사와 발견을 통해 사물을 보여 주고 언명하는 과정에서 교감이 발생한다. 최혜영 시인의 사물과 사건에 대한 정치한 묘사와 발견, 다정한 교감의 마술이 여기에 있다.

2

　최혜영은 개별 동식물의 이름을 나열하거나 산과 바다와 들을 시적 배경으로 활용한다. 그의 많은 시에서 사물은 자연으로 구성되며 사건은 자연을 배경으로 존재를 드러내면서 시의 주제를 형성한다. 친자연 소재는 최 시인의 시를 형성하는 골격이며, 시인은 이 골격에 서정의 살을 붙여 가며 한 편의 시를 형상한다.

　오랜 시간이 지난 뒤에 생활사를 추적한다면, 현재 사람들이 가장 많이 마시는 음료는 커피이며 가장 많이 찾는 공간이 카페일 것이다. 카페는 현재 도시 생활에서 가장 많이 널려 있는 공간이다. 현대인은 이 공간에서 커피를 마시며 음식을 먹고 담화를 나누고 정서를 공유한다. 화자는 태평양과 대서양을 연상케 하는 호숫가 카페에서의 경험을 이렇게 묘사한다.

> 그날은
> 줄 늘어진 현악기같이 헝클어진 오후였어요
> 가을 풍경화 속 코스모스 구절초 붓꽃 은방울꽃같이
> 다양한 색깔과 생각들이 함께 모이는 시간이었어요
> 아이들의 아이스께끼 같은 짓궂은 이야기로
> 시간의 흐름도 잊은 채 대화 속을 서성거리고 있었어요
>
> —「cafe Lago」 부분

화자는 cafe Lago에 가서 "큰 유리창 밖으로 언제 왔는지 초록 나뭇잎이/ 바람에 몸을 뒤척이며 오가는 발길"을 반기는 것을 발견한다. 화자가 카페를 방문한 시간은 시곗바늘이 가리키는 수학적 시간이 아니다. 사물과 자연의 시간이다. "줄 늘어진 현악기같이 헝클어진 오후"이며, "가을 풍경화 속 코스모스 구절초 붓꽃 은방울꽃같이/ 다양한 색깔과 생각들이 함께 모이는 시간"이다.

계절인 가을과 열거한 갖가지 가을 화초들은 카페에 모여 있는 사람들의 나이대를 비유한다. 화자는 "쑥부쟁이같이 작아진 심장"으로 자신의 심리를 비유한다. 이렇게 친자연적 소재를 비유 대상으로 적극 활용한다. 시인이 취하는 소재가 그 시인의 식물성의 삶의 태도와 정신 지향을 가늠하게 한다.

캠핑카에 사슴벌레, 장수풍뎅이, 황세줄나비, 암먹부전나비, 큰멋쟁이나비가 사슴벌레의 시집 출판을 축하하기 위해 모였는데요

하늘에선 구멍 뚫린 것처럼 한여름 밤 비가 쏟아졌는데요

블루투스로 연결된 휴대폰에선 폴 킴의 〈모든 날 모든 순간〉이 물안개처럼 피어오르고 있었구요

투명하고 긴 다리의 와인 잔에 담긴 빠알간 루비 같은 포도주는 정말 맛있었는데요

연보라, 연초록, 연분홍 작은 들꽃들 다투며 이야기꽃 피울 때 노란 질투가 물방울처럼 마구마구 튀어 올랐어요

—「출판기념회」부분

천왕봉 넘어 장터목에서 세석장 가는 길목에서 만난

다람쥐와 쇠박새, 노랑턱멧새, 할미새

길섶 지리바꽃과 구절초도 우리를 반긴다

…(중략)…

하늘 아래 첫 번째 만나는 빨간 우체통

물소리 새소리 맑은 바람을 담아

한 장의 엽서를 쓴다

이곳에 사는

물소리, 구름, 하늘, 모두 시인이다

새 한 마리가 빈 하늘에 일필휘지 시 한 편 쓰고 간다

─「세석장에서 보낸 편지」 부분

2019년 현재 한국 도시화율은 91.8%로 밝혀졌다. 10명 중 9명 이상이 도시에 살고 있다. 때문에 자연 사물의 열거는 도시화된 현재를 사는 독자에게 시를 낯설게 하고 서정화하는 데 기여한다. 농어촌 삶을 경험한 독자들에게는 도시화 이전의 삶을 회고하게 한다. 시「출판기념회」에 열거한 곤충들은 장년 이후 세대들에게는 낯설지 않다.

그러나 도시화 이전에 태어난 세대에게는 이런 곤충들이 모두 낯선 사물들이다. 출판기념회에 참석한 구성원들의 외모와 성격을 곤충에 비유한 이 시는 한 편의 우화를 떠올리게 한다. 전통적인 수사법 가운데 하나인 우화는 분명한 문학의 언어다. 좋은 시적 방법이다. 우화는 사람의 성격과 행위를 거기에 알맞은 동식물로 대체해서 독자에게 재미를 준다.

위 시는 원관념인 인간과 보조관념인 동물을 통해 인간의 특성을 간접적으로 드러내면서 상상력을 자극해 상당한 재미를 준다. 이 시에서와 같이 암먹부전나비가 "정말 밥 안 줄 거야?"라는 카톡을 받고 "화들짝 놀란 토끼처럼 신발 한 짝마저 팽개친 채" 집으로 뛰어가는 모습에서 우리는 쓰디쓴 웃음과 함께 처지를 공감하게 된다.

최 시인은「세석장에서 보낸 편지」에서 "다람쥐와 쇠박새, 노랑턱멧새, 할미새/ 길섶 지리바꽃과 구절초"를 열거하고,

"물소리 새소리 맑은 바람"을 열거한다. 또 "물소리, 구름, 하늘"을 열거한다. 독자들은 날짐승과 화초, 대자연이 열거된 문장을 통해 시인의 자연 친화적 성향과 관심, 식물성 삶과 대자연을 공간으로 하는 상상의 폭을 눈치채게 된다.

3

최혜영 시의 두 번째 특징은 사물과 사건에 대한 정치한 묘사다. 최 시인은 자연 소재의 사물과 사건의 세밀한 관찰을 통해 대상의 본질을 형상한다. 이 과정에서 그의 특징인 묘사의 정치성이 발현된다. 최 시인의 형상 방식들, 그러니까 비유와 열거 방식들은 묘사의 정치성과 관련된다.

눈이 밝고 묘사가 정치한 시인은 "비 오는 토요일 오후 산사 가는 숲길"에서 "초록 나뭇잎에 비 묻은 바람"을 보며, "연분홍 연꽃 아래 숨죽였던 이슬 타래"를 발견한다. 놀랍게도 좁은 길을 가다가 "움츠렸다 뛰는 두꺼비 등 위로 떨어져 구"(「청계사 선방」)르는 이슬 타래를 포착한다. 더없이 정밀한 그의 눈은 "빼꼼히 눈을 뜨며 연둣빛 혀를 내"(「잃어버린 봄날」)미는 오가피나무를 본다.

주문진항에서 조금 떨어진 마을의 좁은 길

작은 개천을 끼고 양쪽으로 부서진 벽돌 같은

집들이 다닥다닥 줄지어 있고

구불구불 풀어진 실타래 같은 골목에는

등 바랜 빈 의자들이 듬성듬성 놓여 있었는데요

지팡이처럼 등 굽은 노인들이

두세 명씩 의자에 앉아 그물에 걸리지 않는

바람 이야기를 하고 있었어요

작은 어촌 마을의 어시장 거리를 지나자

작고 예쁜 소돌항이 보였어요

옆으로 누운 소처럼 생겼다 해서 소돌바위

코끼리처럼 생겼다고 코끼리바위

소원을 빌면 아들을 낳게 해 준다는 아들바위

작은 항구에 기이한 바위들이 파도와 바람을 맞으며

퇴적하고 풍화되고 있었고

바위들 너머 빨간 등대는 고기잡이배의

깃발을 끌고 소돌항으로 돌아오고 있었는데요

정박된 배들이 파도와 한 몸처럼 흔들리는 좌판에서

오징어, 문어, 가자미, 광어를 썰어 회 한 접시 소주 한 병에

싱싱한 웃음을 덤으로 팔고 있는 상인도 있었구요

나는 오늘 성긴 그물에 걸린 물고기처럼

하루를 소돌항에서 마감하고 있었어요

　　　　　　　　　　　　　　　　―「소돌항」 전문

이 시에 와서 묘사가 시를 얼마나 사실성에 가깝게 하는지 보여 준다. 항구의 지리적 위치와 좁은 길, 작은 개천, 부서진 벽돌 같은 집들은 오래된 작은 항구임을 암시한다. "구불구불 풀어진 실타래 같은 골목"과 듬성듬성 놓여 있는 "등 바랜 빈 의자"들이 현실감을 준다. 지팡이처럼 굽은 허리를 가진 노인들의 등장은 노령화된 항구의 현실을 비유한다.

시에는 화자의 동선이 또렷하다. 화자는 주문진항에서 좁은 길과 구불구불 풀어진 골목을 지나 작은 어촌 마을 어시장 거리를 지나 "작고 예쁜 소돌항"에 도착한다. 소돌항에서 동선을 멈추고 주변의 정경을 묘사한다. 소돌바위와 코끼리바위, 아들바위와 빨간 등대, 좌판에 섬세한 시선을 준다. 좌판에는 오징어와 문어와 가자미와 광어, "싱싱한 웃음"으로 소주를 파는 상인이 있다.

시인은 마치 여행 가이드처럼 독자를 항구 이곳저곳으로 끌고 다닌다. 이런 기법은 다른 시 「세석장에서 보내는 편지」「바람이 분다」 등의 시에서도 나타난다. 「세석장에서 보내는 편지」는 중산리 매표소 – 법계사 – 천왕봉 – 장터목 – 세석장 시인마을에서 멈추고, 「바람이 분다」는 반월역 – 안국역 – 인사동 쌈지길 – 수도약국 – 경인미술관 다원을 동선으로 독자를 끌고 다닌다. 시 「반월동 풍경」 역시 마찬가지다.

나는 시내와 떨어진 안산시 끝자락

논과 밭이 어우러진 곳에 살고 있다

마을버스 지나는 길가

드문드문 상추밭도 보이고

구부러진 골목길 안으로

서너 평 남짓한 가게들이 서로 기대고 서 있는

반월교복사 승리이발소 제일떡집 양지다방

국기 날리는 우체국과 농협 건물을 지나

한참을 가다 보면 하늘이 보이는 거리시장이 있고

손질한 채소를 한 다발씩 묶어 파는

할머니가 늘 좌판 앞에 앉아 있다

　　　　　　　　　　　　　　　—「반월동 풍경」부분

　시인은 반월동을 위성이 내려다보듯 묘사하고 있다. 우
선 도시에서 떨어진 지리적 위치와 논과 밭이 어우러진 장
소, 마을버스가 지나는 길가와 상추밭, 구부러진 골목길과
서너 평 남짓한 가게들의 모습을 상세하게 묘사한다. 2연에
서도 마찬가지다. 교복사와 이발소, 떡집과 다방 이름을 호
명하고 우체국과 농협 건물을 언급한다. 최혜영의 독특한 진
술 방식이다.

　그러나 같은 진술 방식이 지나치게 반복될 경우 독자에게
피로감을 줄 수 있다. 당연히 적절한 안배와 절제가 중요하
다. 그럼에도 시「월계수」에서 보여 주는 비유적 진술과 반복

은 시성을 한층 고양시킨다. "인적 없는 숲속 청설모가 지나
가는 것같이/ 깊은 산사에 울려 퍼지는 풍경 소리같이/ 저수
지에서 유영하는 오리 떼같이// 월계수,/ 그 푸른빛 안에 오
래 머무르련다"라는 진술이 그렇다.

시「소박한 밥상」 역시 화자의 동선과 잘 차려진 횟집의 밥
상이 그려진다. 화자는 "오랜만에 허름한 거리를 지나 마을
횟집에 갔지/ 건물에 잇대어 만든 포장마차 안은 텅 비어 있
었어/ 그와 나는 가난한 마음에 불을 지피며/ 뚝배기연어알
밥과 말간 조개미역국 한 대접/ 김치 한 접시가 전부인 소박
한 밥상에 마주 앉았지"라고 진술한다. 공간 묘사와 밥상에
차려진 음식의 나열이 현장감을 준다.

4

최혜영 시의 어법은 다정하고 다감하다. 사물과 사건에
대하여 독자에게 이야기를 들려주는 듯하다. 시인의 화제
는 자연과 인사이며, 생활감정과 자아다. 계절과 인생이다.
서술형 어미를 적절하게 활용하고, 현재적 화법으로 독자에
게 말을 건다. 식물과 동물을 호명하고 지리와 공간과 시간
과 대자연을 호명한다. 이들과 한마음 한 몸으로 다정한 교
감을 이룬다.

오리숲길 굴참나무 잎이 초록으로 짙어질 무렵

세조길 세심정 개울물 소리 귀를 간지럽히고
바람 한 자락 침 한 방울에도 버들치 실무늬 파문으로 모
여들 때

그 길에서,
겨우내 비어 있던 마른 나뭇가지 같은 내 몸 안에
여름이 들어차기 시작했지요
재잘대는 새소리 발목까지 내려온 바람
유리알처럼 맑은 개울물 오솔길에서 만난 청설모
재빠른 움직임 보일 듯 말 듯 후다닥 뛰는 어린 고라니까지

뼈 속까지 스며든 통증 나만 홀로 서서 머뭇거리는 사이
뜨거운 여름 햇살은 쪽잠을 자고 색 바랜 봉투에 꽃잎을
주워 담고
사슴 발자국 밟으며 한 발 한 발 따라 걸을 때 더 깊어진
사유의 행간
골짜기에서 길을 잃어버릴까 두려운 여름이었지요

—「그해 여름」 전문

자연에 대한 수사가 빛나는 1연이다. "귀를 간지럽히고"
"실무늬 파문"의 묘사가 섬세하고 다감하다. 화자는 "겨우내
비어 있던 마른 나뭇가지 같은 내 몸 안에/ 여름이 들어차기
시작했"다고 한다. 화자의 주위를 둘러싼 자연이 주체인 화

자의 몸으로 전이되고 있다. 자연을 통한 '몸의 회복'이며 치유인 것이다.

　화자의 몸에 생생한 기운을 불어넣는 자연의 화음과 움직임은 풍성하고 조화로우며 기운차다. 실무늬 파문이 있고, 재잘대는 새소리와 유리알처럼 맑은 개울물 소리가 있다. 청설모의 재빠른 움직임이 있고, 후다닥 뛰는 어린 고라니의 동작이 있다. 쪽잠 자는 햇살이 있다. 화자는 이런 자연의 조화와 생명력과 자아를 일체화하고 교감하며 "뼈 속까지 스며든 통증"을 치유한다.

> 　그녀도 나처럼 가을 낙엽같이 변했다
>
> 　부실한 열매를 스스로 떨군 나무처럼
>
> 　바짝 마른 몸에 짧은 커트 머리였다
>
> 　　　　　　　　　　　　　　　─「편의점 그녀」 부분

> 　쾌쾌한 냄새를 햇볕에 말린다
>
> 　옷장 속에서 늙어 간 세월
>
> 　바랜 옷들과 내 얼굴이 닮아 있다
>
> 　다시 옷장에 걸린 옷들이 낙엽처럼 물든다
>
> 　　　　　　　　　　　　　　　─「옷장 정리」 부분

　최혜영은 시 「cafe Lago」에서 "가을 풍경화 속 코스모스 구절초 붓꽃 은방울꽃같이/ 다양한 색깔과 생각들이 함께 모이는 시간이었어요"라고 했듯, 「편의점의 그녀」와 「옷장 정리」
에서 자연이나 사물을 화자의 나이를 비유하는 보조관념으로
차용한다. 화자는 젊어서 "흙과 나무"처럼 하루에도 여러 번
시간을 나누었던 옛 친구를 찾아간다.

친구는 "쑥부쟁이처럼 낮게 앉아 음료수병을 정리 중"인
데, 화자도 친구도 서로 "가을 낙엽같이 변했다"고 한다. 친
구나 화자 자신이나 가을 식물처럼 열매를 맺긴 했는데 "부실
한 열매"를 맺었다고 진술한다. 「편의점의 그녀」가 화자 – 친
구–열매를 맺는 식물로 구조화한 3자 동일시라면 「옷장 정
리」는 나–낡은 옷을 동일시하는 2자 동일시다.

화자가 정리하는 옷장 속의 "한때 설렘과 기쁨으로 찾아 입
던 옷"들, 그러나 이렇게 "눈부시던 것들"도 "새것들에 앞자
리 내어 주고" 생기를 잃고 있다. 화자는 이런 옷가지들을 꺼
내어 햇볕에 말리며 "옷장 속에서 늙어 간" 옷들의 세월을 사
람의 나이와 빗대면서 "바랜 옷들과 내 얼굴이 닮아 있다"고
한다. 시는 이렇게 비유와 상상으로 대상과 나를 일체화하고
교감시키는 인류가 발명한 도구다.

밤새 이는 파도 소리에

바다도 나도 몸을 뒤척인다

—「별을 만지다」 부분

그러지 않고서야 평온하던 이 가슴

왜 이렇게 크게 설레겠는가?

—「움」부분

내 몸에도 바람이 산다

그 푸른 발목에 밟혀 한참을 앓았다

—「바람의 푸른 발목」부분

위에 인용한 시편들과 같이 최혜영은 시적 대상과 교감하며 뒤척이고 설레며 몸을 앓는 시인이다. 몸은 곧 자아의 형상물이다. 「별을 만지다」에서 화자는 동해의 항구에서 낯익은 별을 보고 헤아리다 돌아와 잠이 들지 못하고 "밤새 이는 파도 소리"와 같이 몸을 뒤척인다. 시적 대상인 파도와 화자의 자아가 일체가 되어 같이 항구의 밤을 뒤척이는 것이다. 파도가 곧 화자 자신이고 화자 자신이 곧 파도가 된다.

시 「움」도 마찬가지다. 봄날 화자는 콘크리트 틈새에서 돋아나는 풀씨를 본다. "봄의 움"을 틔워 올리는 "큰 숨결"에 화자는 "내 몸"을 일체화한다. 풀씨의 움과 내 몸, 즉 자아를 풀씨와 합일시키는 것이다. 그러면서 화자 자신의 몸도 어디선가 "뽀얀 움 틔우"고 있으리라고 상정한다. 평온하던 화자의 가슴이 설레는 이유다.

앞의 시들에서 화자가 파도와 풀씨의 움에 자신의 몸을 일치시켰다면, 「바람의 푸른 발목」에서는 제주의 섬에 자아를 일치시킨다. 제주는 바람으로 섬도 자라고 물도 깊어진다. 화자는 제주의 푸른 바람에 섬이 잠이 들지 못하는 것처럼,

화자 자신도 잠들지 못한다. 제주의 바람에 선잠을 자며 앓고
있다. 섬과 몸의 일체화이자 섬과 자아의 교감이다.

5

전술한 바와 같이 최혜영의 시의 특징은 친자연적 소재,
정치한 묘사, 다정다감한 교감으로 정리된다. 시인은 시에
친자연적 소재들을 동원하여 사물과 사건의 존재를 드러내고
주제를 형성한다. 독자들은 그의 시에서 화초와 곤충과 날짐
승과 길짐승과 음식을 만나고, 산과 바다와 들을 만나며, 자
연과 인사를 경험하게 된다.

또 그의 많은 시편들은 사물과 사건에 대한 정치한 묘사
를 통해 시적 성공을 거두고 있다. 시인은 자연과 일상의 동
선, 생활감정, 사물에 대한 관점, 인생에 대한 사유를 구체
적인 목소리로 들려준다. 그가 들려주는 서정의 목소리는 자
연이기도 하지만 인생에 대한 통찰이자 새로운 발견이기도
하다. 시적 대상에 대한 정치한 묘사는 최 시인의 가장 큰
매력이다.

마지막으로 대상과의 다정다감한 교감이다. 그는 비유 등
다양한 어법으로 식물과 동물, 지리와 공간과 시간과 대자연
을 호명한다. 자신의 체험과 인사를 동원한다. 대상과 몸,
곧 자아를 일치시킨다. 대상과 자아의 동일시를 통한 교감
은 오랜 시의 관습이다. 그의 시적 성공은 많은 부분 여기

서 결정된다.

많은 독자들이 이런 시적 지향과 성취를 이루고 있는 최혜영의 서정적 목소리에서 사물과 사건에 대한 정치한 묘사와 발견, 다정한 교감의 마술을 앓음과 뒤척임과 설렘으로 맛보길 바란다.

천년의시인선